ST. ROSEMARY COLLEGE

聖迷迭香書院

推理七公主

CASE

I

開學日班主任
失蹤案

作者　　　　　繪畫

卡特 × 魂魂SOUL

目録

登場人物介紹

聖迷迭香書院
高中部學生會

總務	秘書	副會長	會長
張綺綾	**郭智文**	**林紫語**	**林紫晴**
巨蟹座＊O型血	水瓶座＊B型血	獅子座＊A型血	獅子座＊A型血

資優生，從一萬多個報考者中脫穎而出，以全科滿分的成績考獲全額獎學金入學。擅長推理和觀察，對眾人聲稱擁有「超能力」不以為然。

作男性打扮，像影子般一直陪伴在會長左右。她有超乎常人的辦事效率，經常在會長開口前就已完成任務。聲稱擁有「過目不忘」的超能力。

和會長是孿生姊妹，比會長開朗、實際和易相處，掌握學生會的所有事務，是師生們的好幫手。她聲稱跟姐姐一樣，擁有「心靈相通」的超能力。

一旦決定了的事情就不會改變，有效率，但固執，不擅交際。她也是聖迷迭香書院裡的權力核心，只要她決定了的事，就會變成事實。

宣傳

司徒晶晶

金牛座＊O型血

司庫

曾樂盈

處女座＊A型血

福利

阮思昀

星座、血型不詳

鄭宇辰

天秤座＊A型血

鄰校羅勒葉高校學生會的會長，和會長姊妹家族是世交。

身型嬌小，經常穿著可愛的服裝，但思想實際老成穩重。是消息最靈通的人，也最多朋友、最多人信賴。聲稱擁有「讀心」的超能力。

對科技和理科的了解非常深入，認為所有事情都「有因有果」，只要弄清前因後果，就能解構世界。聲稱擁有「預知未來」的超能力。

今集尚未現身，一切是個謎。請留意下期。

第 I 章
來自學生會的邀請信

九月一日，陽光非常燦爛，新學期的聖迷迭香書院在早晨的橙紅色陽光映照下，顯得格外高貴。

小綾穿著整齊的新衣服，走在來往宿舍和校園的步道上，步道兩旁種滿了粉紅色玫瑰，讓這家所有女生夢寐以求想要入讀的貴氣學府，添上了童話色彩。

小綾在過去整整兩個月中，經歷了無窮無盡的面試和各種學科的考試後，終於在一萬多個報考生中脫穎而出。她以全科滿分的成績，成為了今年唯一一個獲得全額獎學金的學生，才可以在開學日的明媚早晨，走在這條康莊大道上。

　　小綾走進建在半山、佔地廣闊的校舍，然後穿過歌德建築風格的走廊進入課室，課室內同學們都各自在忙，沒有和她打招呼，她在門外座位表上找到了自己的座位位置後，在那張大得不成比例但專屬於她的桌椅坐下。

　　課堂正式開始，但小綾卻感到氣氛有點異樣：無論教師或是同學，都好像在逃避她似的，即使在她面前走過也不會和她打招呼，即使她出聲呼喚也好像沒有人聽到，自己就好像是個透明人。

　　上午最後一節課是體育課，之後就是午飯時間，但過了整整半天，小綾還是沒有和任何人說上一句話，沒有認識到任何一個新朋友。

　　因為聖迷迭香書院是傳統的貴族女校，同學們都是儀態萬千的千金小姐，所以不會主動地找

人聊天？還是因為其他原因呢？

　　小綾想到一些可怕的原因，但她搖了搖頭，驅走了自己心中那個令人不愉快的想法。

　　下課了，今天體育課學的是高爾夫球，小綾要先換下 FILA 為聖迷迭香書院特製的高爾夫球服才能夠到飯堂吃飯，在小綾專屬的更衣室內，她發現自己的皮鞋不見了，而本來放皮鞋的位置，放了一封信。

　　信封上沒有寫上上款，下款的署名是玫瑰。

小綾把信拿出，內容是這樣的：

EARP 張綺綾同學：

QTUEAKT SLUKSFI
KAAEQ YLU。HKNSH TDA
ELLA TDPAA TFJAC。

ROSE

小綾看著這封密碼信，笑了一笑，因為她一下子就看懂了信中的意思。小綾自小開始，就已經非常擅長解開 IQ 題和推理題，普通人要苦思良久、最後投降要求出題者揭曉答案的謎題，對於小綾來説就好像「1+1」那樣簡單。

當然，這樣秒速解開謎題，會讓出題者感到不快，小綾亦因為這樣，在初中時經常被同學嘲笑是解謎機器，是科學怪人。有時小綾會想，如果她可以享受一下解謎的過程就好了，如果她可以是一個普通人就好了，但這個選項並不存在，像這封密碼信一樣，小綾一眼就看穿了機關所在。

小綾赤著腳，向著學生會室走去。聖迷迭香書院的地板打得很滑，沒穿鞋子的小綾走在走廊上也沒有任何的不適。

「叩……叩……叩……」在學生會室的門外，小綾舉起手，輕輕地敲了三下門。

就在小綾敲第三下的瞬間，門從裡面慢慢地打開，打開門的是一個作男性化打扮的女生，身穿深藍色的外套和淺灰色的馬夾衣，配搭男性化

的短褲，看起來既莊重又認真。

「張綺綾同學，歡迎來到學生會，我叫**智文**，是**學生會的秘書**，請跟我進來。」那個男性打扮的女生，一邊說，一邊引領小綾穿過玄關，進入學生會室的內部。

學生會室內部非常寬敞，在看來有兩個籃球場般大的大廳中間，放著一張很有氣派的紅木會議桌，會議桌旁邊有八張看似非常舒適的皮椅，大廳近窗的位置有兩張大梳化，梳化前面有一張非常精美的茶几，梳化上坐著兩個無論相貌、身型都非常相似的美少女。

「請坐。」智文把小綾帶到梳化前，示意她在
那兩個美少女對面坐下，仔細一看，那兩人身上
的服飾風格相同，但細微處卻有著微妙的分別。
襯衣上的蕾絲花紋和裙子的襯邊上，暗藏了學生
會的會章。

你好，我是**學生會會長**，**林紫晴**；
她是我妹妹，**林紫語**，是學生會的
副會長。

會長手拿著純白色、上面有黑色繩紋的茶杯，輕描淡寫地介紹自己。

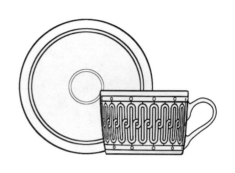

智文捧來了一個精美的藍白間花紋、鑲著金邊的骨瓷杯子放在小綾面前，裡面裝著格雷伯爵茶，散發出一陣撲鼻的清香。

「我是張綺綾，你可以叫我小綾。」小綾有點害羞地說。

「我知道，你就是今年唯一一個以全額獎學金入讀的新生吧，果然名不虛傳，一下子就解破了我們的密碼信。」會長說。

「其實，那個並不難啊，你們都把解答的提示放在上下款裡了。」小綾說完，就有點後悔，這樣不就重蹈初中時候的覆轍了嗎？才剛第一日升上高中，又要被稱為解謎機器和科學怪人了嗎？

「小綾是天才吧？真厲害！一般人不會覺得這種密碼很易破解呢！」會長露出了欣賞的表情。

小綾被會長這樣直接的稱讚，更加害羞了，臉頰發熱的她低下頭來，拿起茶杯稍為擋一下。在這刻小綾發現，那隻藍白間花紋茶杯是 Royal Albert 的出品，而花紋則和聖迷迭香書院校章上的一樣，相信是特製版。

「小綾，可以解釋一下你是怎樣破解這個密碼的嗎？」副會長開口問道。

「下款寫著『ROSE』，而上款寫著『EARP 張

綺綾同學』，上款那 4 個英文字就只能是『DEAR』吧，所以 E 就是 D，A 就是 E，R 就是 A。這樣的話，就是用 ROSE 代替了 ABCD。」小綾一邊説，一邊用手比劃著。同一時間，智文不知從哪裡拿出了紙筆遞給了小綾。

ABCD EFGHIJKLMNOPQRSTUVWXYZ

ROSE ABCDFGHIJKLMNPQTUVWXYZ

小綾在紙上寫下了這兩行英文字母，然後説：「然後就可以得出這樣的一個對照表，再

把整封信解碼了。信的內容就是『STUDENT COUNCIL NEEDS YOU。KNOCK THE DOOR THREE TIMES。』,『學生會需要你,敲門三次』。」

「全中!好厲害!我們學生會真的很需要你,由現在開始,你就是學生會的總務了。」會長一邊拍手,一邊笑著說。

「可是……我沒有打算加入任何課外活動啊，我只是來拿回自己的皮鞋罷了……我的服裝津貼只夠買一對皮鞋，如果不見了的話我會很困擾的。」小綾面有難色地說。

「先不要這麼快拒絕。」智文清了清喉嚨，說。

「學生會是聖迷迭香書院裡面，權力的最中心，很多人想加入都來不及呢。」會長可能因為被拒絕的緣故，臉上露出了些許不快之色。

「對啊，不是每個人都會被邀請加入的。就在你入學之前，我們已經看過你的面試影片和考試成績了，加上你剛才面對密碼信的表現，你不加

入我們絕對是個浪費。」副會長補充。

「好吧，你是有權拒絕的……」會長拿起自己的茶杯，用優雅的動作輕輕的呷了一口後，緩緩地說。在這一刻，小綾看到會長的茶杯是 Hermès 的出品，黑色和白色的繩紋圖案充滿了現代感，

而且這杯子和副會長的杯子剛好組成一對，會長那個是白底黑繩紋的，而黑底白繩紋那個則是副會長的。

「紫晴，先等一下。」副會長打斷了會長的說話，然後對著小綾說：「學生會在這家學校裡可是權力的核心，加入了的話會有很多好處啊！」

「而且你那麼擅長解謎，我們學生會經常會收

到不同的委託，幫助同學解決問題，你一定能夠大展拳腳的。」智文緊接著説。

「先把皮鞋還給我好嗎？」小綾問。老實説，小綾在初中時作為一個解謎機器和科學怪人，已經受夠了其他人奇怪的目光，明明以為到了高中，應該可以重新開始，當一個普普通通的女生，上學、下課、享受校園生活、緣分到了説不定還可以談一場甜甜蜜蜜的戀愛。但偏偏就在上學的第一天，就被這種麻煩事纏上。

「或許你不知道，所謂的全額獎學金，是不包括學生會會費的。」會長瞇了瞇眼睛，然後説。同一時間，智文已經將鞋襪準備好，跪了在小綾面前，準備幫她穿上。

「沒可能，我肯定那是包括在內的。」小綾連

忙搶答，但她顧著回答會長，右腳腳踝已經被智文捉著，並正在幫她穿上她那隻純白的襪子。

「之前是怎樣安排我不管了，但由現在開始，『全額』獎學金就不再包括學生會會費了。」會長斬釘截鐵地說。

小綾一下子答不上話來，她大概有點明白所謂「這家學校裡的權力核心」是甚麼意思了，而同一時間，智文已經幫她穿上了另一隻襪子。

「但學生會成員呢，則是可以豁免學生會會費的唷！」會長又再瞇了一瞇眼睛。

「那麼，學生會會費是多少呢？」小綾問。而智文在這時則正在解開她皮鞋的鞋帶。

「不多，每月十萬而已，暑假和寒假都要繳費，所以不過就是一百二十萬一年。」會長說。坐

在她旁邊的副會長露出了一個無可奈何的表情。

「一⋯⋯一百⋯⋯二十萬？」小綾一邊說，一邊把腳縮了回來，她終於意識到，當智文幫她穿回兩隻鞋子後，她就會欠下一筆巨大的債款。

「只要加入學生會，會費就立刻被豁免了啊！」會長拿起自己的白色杯子，再呷了一口伯爵茶，然後說。

「唉，我加入就好了。」小綾已經完全明白，在會長面前，所有抵抗都是徒勞的。說完之後，小綾從智文手上取回了自己的皮鞋，然後慢慢穿上。

「歡迎你加入學生會啊！小綾。」會長再一次瞇起了眼睛，但這一次明顯比剛才那兩次都要開心得多了。

在會長還沒有說完「小綾」的那個「綾」字，智文已經捧著一整套不知由哪裡變出來的新服裝，站到小綾面前。

「這是我們為你準備的特別版服裝，只要是學生會成員都會穿這個，那邊有更衣室，過來我替你換上它好嗎？」智文說。

「不⋯⋯不用了⋯⋯我自己換就好⋯⋯」小綾從智文手中把新衣服搶過來，然後往大廳旁邊的其中一道門走去。

「不對，那邊是學生會專屬的圖書館啦，你還是跟我來吧。」智文把小綾拉回來，搶回衣服，然後走在前面，小綾只好低著頭跟著智文走。

「小綾真的很可愛啊。」副會長說。說完後副會長和會長這兩個美人對著小綾展露了一模一樣、

非常愉快的微笑。

　　小綾跟著智文進入更衣室，智文把衣服放在
梳妝桌上，自己則別過頭，示意小綾可以開始換
衣服。小綾拿起那件特製的服裝，襯衣上的蕾絲
花紋和裙子的襯邊上，都暗藏學生會的會章，跟
會長、副會長還有智文身上的是同一個款式，不
過花紋的排列又有很微細的分別，看來不同的職
位，在花紋上應該會有著不同的排列。

這套服裝非常地稱身和舒適，而且和小綾今天穿的衣服款式一樣，看來早在小綾入學之前，學生會就已經調查過小綾的尺碼，還有喜好，所以才能一早預備好這套讓小綾如此滿意的衣服。

「我們還準備了十套不同的服裝，今天晚上就會送到你宿舍了。」智文說。

「那……謝謝了呢。」小綾回答，她已經明白，「拒絕」這個選項在學生會面前，根本不存在。

「會長要我通知你，要你放學後再來這裡，你現在先去吃午飯吧。」智文看著自己的手提電話，然後對小綾說。

小綾回到學生會室時，會長和副會長都已經離去，所以她就回課室去，準備吃自己的便當。

到達課室時，當同學們看見了小綾一身學生

會專用的服裝後，大家對她的態度，立即有了 180 度的轉變。明明早上時，全部人都好像逃避著她似的，看著她時都好像看見透明人一樣。但現在呢，不同的人不斷地來和她搭話，有些來介紹自己、有些提議和她交換筆記、有些更說要請她喝飲料。

小綾突然有點受寵若驚，明明早上時在她面前走過，也不會和她打招呼；明明過了整整半天，還是沒有和任何人說上一句話。但在她穿上這套特製服裝後，就變成了班中的焦點。

會長和副會長的傳心術

同學態度的轉變，讓小綾感到渾身不自在。在下午的課堂完結後，小綾為了逃避那些突然變得熱情的同學，所以極速地收拾好東西，然後飛奔到學生會室去。

小綾打開學生會室的大門，會長已經坐在那張又大又舒服的梳化上喝茶了，而智文則站在會長後面，拿著茶壺，隨時準備替會長斟茶。

「怎樣？感受到了當學生會成員的方便了吧？」會長對著從門外走過來的小綾說。

「感覺很不自在，今早大家明明好像不太想和我說話似的，但我成了學生會的成員後，大家卻

變成非得和我說點甚麼不可才行，非常奇怪。」小綾答。

「這就是『地位』了，在聖迷迭香書院裡，『地位』就是最重要的事。」會長平淡的說。

「會長，你這種說法會嚇著小綾的。」智文拿來了那個 Royal Albert 的杯子，幫小綾也倒了一杯孟買香料茶。

「那就當我沒說過吧，小綾，你知道嗎，紫語剛剛用『心靈相通』告訴我，她接到了一個相當奇怪的委託。」會長說。

「心靈相通？」小綾用質疑的語氣問。

「對啊，我和紫語是孿生姊妹，又分別是學生會的正、副會長，懂『心靈相通』是很正常的事吧！」會長說。

「『心靈相通』這東西，在科學上應該是不存在的吧？」小綾再問，頃刻之間，小綾已經忘記了「地位」這個話題了。

> 對啊，這就是所謂的
> 『超能力』啦。

會長舉起一隻手指，得意地說。

就在這時，副會長打開學生會室的門，走近梳化附近，而智文也同時間用那隻 Hermès 的黑底白繩紋杯子為她準備好茶。

「紫語，你回來就對了，小綾不信我們懂得『心靈相通』呢！」會長對副會長說。

「小綾，加入學生會的人，都會得到『超能力』啊，紫晴和我的能力，就是貨真價實的『心靈相通』了。」副會長說。

「如果是貨真價實的話，我們來做個小小的實驗，好嗎？副會長，你跟我來！」小綾說完之後，還沒等副會長和會長答應，就把副會長拉到了午休時小綾換衣服的更衣室。

「這是一個怎樣的實驗呢？」副會長問。

「我會把這裡的燈關上，然後塞住你的耳朵，你在這段時間之內，就幻想三種不同的動物、三種不同的顏色和三個不同的動作，共九項東西，不停地想，直到我回來找你為止。」小綾說完後，

安頓好副會長，然後再次回到梳化旁邊。

「會長，現在副會長在房間內，正在幻想著三種不同顏色的不同動物在做著三種不同的動作，你能用你們所說的『心靈相通』知道那是甚麼嗎？」

小綾拿起 Royal Albert 的杯子喝了一口，喝下去後，喉嚨裡貫滿了肉桂、丁香和荳蔻濃濃的香味，「噢，真是好喝啊！」小綾心裡讚嘆。

「你等我一下，我感應一下紫語在想甚麼。」會長說。

「你慢慢來，不用急。我這個實驗算是一個簡化版的**甘茲菲爾德實驗 (Ganzfeld experiment)**，由 1970 年代開始，心理學家已經開始用類似的實驗來驗證『超能力』了。」小綾說。

「你別阻著我集中精神。」會長怒視一下小綾，然後說。雖然相處的時間還不算太多，但從兩人的表情、動作和語氣的分別中，小綾已經差不多可以分辨到會長和副會長這對孿生姊妹了。

小綾沒有再說話，再喝了一口孟買香料茶，然後放下了杯子，而就在杯子放到茶杯碟上的一瞬間，智文就拿著茶壺把茶添滿了。

「我知道答案了，分別是『粉紅色的老虎在跳

躍』、『青綠色的梅花鹿在睡覺』還有『白色的兔子在游泳』。」會長答。

「好。」小綾說完這個字後，到更衣室那邊把門打開，讓副會長回到梳化這邊坐下。

「姊姊你有說中嗎？是紅色、橙色、粉紅色；大象、兔子、貓；最後是睡覺、跑步和翻觔斗。」副會長說。

「有啊，就是『粉紅色的兔子在睡覺』嘛！」會長一邊笑一邊說。

「哪有說中？總共有九件事，卻只說中了三件啊！而且最重要的是，副會長想的動物、顏色和動作是分開的，而會長卻把三件事混為一談了！如果真的是『心靈相通』的話，應該早就可以看穿我分別跟你們說了不一樣的要求。」小綾說。

「小綾啊，所謂的『心靈相通』，命中率可不是百分之百的，九個能命中三個也算是很高了吧。」會長笑得更開心了。

「你們那個不是『心靈相通』啦！只是偶然猜中罷了，你們兩人一起生活了十幾年，容易猜中對方心中所想也是很正常的事啦。」小綾一邊用腳踩地一邊說。

「我呢，愈來愈喜歡小綾你了。」會長一邊掩著嘴笑，一邊說。

「我也是啊！」副會長接著說，然後做了和會長一模一樣的動作。在這個時候，她們兩個人又相像到令小綾無法分辨了。

「對了，先不說這個，紫語，你不是說接到了一個奇怪的委託嗎？」會長問。

「對，剛剛有高二 A 班的同學留言給我，所以我放學後就到她們的課室去了。」副會長說。

「那高二 A 班究竟發生了甚麼事？」會長說。

「慢著！如果你們兩個會『心靈相通』，為甚麼還需要像這樣的對答？」小綾心中還在介懷著關於「心靈相通」的事。

「傻瓜！別再想這個啦，先聽聽高二 A 班究竟發生了甚麼事吧！」智文摸了摸小綾的頭，說。

高二 A 班的班主任失蹤了

「對對對，説回正題。高二 A 班的班長找我商談，她們的班主任今天失蹤了。」副會長説。

「『失蹤』嗎？這很玄妙呢，這世上有很多所謂『失蹤』案件，其實到最後都只是虛驚一場，可能失蹤者不過是想去散個步，可能是忘了帶手機，也可能是簡單的誤會。」小綾實事求是地分析。

這時候，學生會室的門被撞開，一個身型嬌小的女生衝了進來，她身上的和式洋裙，有飄動的長袖、像蝴蝶結的腰帶，還有大大的裙襬，加上頭上頂著劉海和一頭瀑布般的長髮，樣子可愛得讓人想立刻捏她的臉珠。

身型嬌小的女生衝到小綾她們面前說，而且在說「失蹤」這兩個字時，特別地加重了語氣。

「我來介紹，她是我們**學生會的宣傳，司徒晶晶**，是我們團隊中消息最靈通的人。」智文一邊介紹，一邊快速而純熟地為晶晶倒好了茶。

「高二 A 班的班主任明明早上有被人目擊過，但到了第四節課要上課時，卻沒有出現。一般請假或者早退，校務處一定會找老師代課的，但今天卻沒有，高二 A 班全班就這樣在課室裡等了一整節課，結果一直沒人出現。」晶晶拿起茶杯呷了一口，這時小綾才注意到，晶晶手上那個 The East India Company 出品的銀製石英杯耳茶杯上，用激光技術印上一個小小的「晶」字。

「高二 A 班的班主任叫甚麼名字？」小綾一邊問、一邊從袋中拿出了手機，準備在社交網站上搜尋他的名字。

「吖，這是今天加入的**總務**，『**天才推理少女小綾**』！」會長搶在晶晶回答前介紹小綾。小綾聽到「**天才推理少女**」這個稱號之後，不禁仰天翻了個白眼，這是會長在下午想出來的綽號嗎？不過是解開一封密碼信罷了，有必要用這麼誇張的稱號嗎？

「他叫 Alan Tung，這是他的 Facebook 帳號，我已經查過了，昨晚 share 過一段笑話之後，就沒有再更新了。」晶晶把她的電話遞出來然後説。

「你怎麼會猜到我想查他的 Facebook ？」小綾問。

「晶晶她是擁有『讀心』能力的少女，是行走型測謊機！」會長再一次搶著介紹。

「就跟你説過，所有加入學生會的人，都會得到『超能力』啊！小綾也快點找找自己得到了甚麼『超能力』吧！」副會長笑著説。

「即使沒有超能力，只要想深一層，也不難猜到你問他名字的目的啊。」晶晶對著小綾笑了笑。

「也對，面對失蹤事件，最重要的就是確認那是真的失蹤，還是那個人主動想躲起來。如果他剛剛還在玩 Facebook 的話，就鐵定不算失蹤了。」小綾一邊嘗試把話題導回正題，一邊用自己的手機搜尋其他的社交網站。

「你説得對，而且班主任也是成年人了，只是半天沒有出現，算不上是失蹤吧。」會長終於回到

正題上，並且放下了她的 Hermēs 茶杯，手按著太陽穴，作沉思狀。

「但是我剛剛查過了教職員的記錄，班主任他今天既沒有請假，也沒有早退。」智文説，她一直站在梳化背後為大家添茶，完全無法理解她是何時去翻查資料的。

「我們在這裡瞎猜也沒用，實際地去調查一下吧。」會長説。

「要去教員室訪問一下老師？還是到高二 A 班課室看看同學們怎説？」小綾問。

「高二 A 班因為這件事引起了不少騷動，我已經叫她們放學後留在課室裡了。」晶晶説。

「那我們分成兩組吧，我和小綾到教員室去；而紫語你和晶晶就到高二 A 班那邊。」會長快速而

有條理地下了決定，要領導聖迷迭香書院的學生

會，亦即是這學校的最高權力核心，這可是必要

的。

　　「好的，高二 A 班中的人我全都認識，就交

給我吧！」晶晶連那個「吧」字都還沒說完，就一

下子放下茶杯，衝出課室外了。副會長搖了搖頭，也優雅地站起來跟了出去。

「好，『**天才推理少女小綾**』，是時候去查清這件案件的真相了！」會長站起來，拖著小綾的手把她拉起來，準備出發。

「這是否算得上是椿案件，暫時還説不定呢……」小綾一邊翻白眼，一邊不情願地跟著會長走。智文不知在何時，已經把所有茶具收拾好，跟在了會長和小綾二人後面了。

教員室位於另一幢建築物之中，小綾、會長和智文三人走在粉紅色玫瑰的步道上，沿途的同學們都對她們投以羨慕的目光，有時有些同學會像小粉絲一樣向著會長揮手，也有一些同學拿出手機遙遠地拍攝會長，而會長也會一一點頭微笑

回應。

　　一行三人來到教員室外面，門上掛著一個牌子，寫著「學生禁止內進」，會長隨手拿起牌子，把它翻到背面，然後就直接開門進去教員室內，小綾和智文兩人緊緊的跟在會長後面。對於就這樣毫不猶豫、肆無忌憚就走入禁地的會長，小綾不禁呆住了。

第 5 章
留下來的便當盒

教員室的面積相當巨大，小綾放眼看去，可能有大約二百多張辦公桌，大約一半都有老師正坐在前面努力地工作，有些在修改作業、有些在電腦前準備教材、也有一些在看文件。

「如果真的有老師失蹤的話，這教員室實在正常得太過分了。」小綾輕聲的在會長耳邊說。

「我們先找到班主任的位置好了。」會長說完，直接到大門旁的告示板上查閱教師們的座位表。

「紫晴嗎？還是紫語？你們學生會來教員室有甚麼事呢？」有一位老師正要出門，看見會長正在

看座位表，於是就停下來問。

「沒甚麼，我想要找高二 A 班的班主任 Alan Tung，他在嗎？」會長反問，也沒有澄清自己其實是會長；表上的人名很多，會長一時間也找不到班主任的桌子在哪裡。

「好像不在啊。」老師答。

「老師你今天有見過他嗎？」小綾問。

「沒甚麼印象，畢竟這裡的老師人數很多，我們並不是每一個之間都很稔熟啦。你們找他有甚麼事，要幫你在他的桌子上留個言嗎？」老師答。

「不用了，高二 A 班的同學有事找他又找不到，所以託我們學生會來教員室看看的，你可以帶我們去他的桌子嗎？」小綾巧妙地回答，既沒有說謊，也沒有說明自己調查的真正目的，畢竟現

在的情況看來，老師們是不知道班主任失蹤這件事的。

「沒問題，就是那邊第三排的第六張桌子。」老師答完，隨手向著大門的右邊一指，之後就打算離去。

「謝謝。」小綾微微的彎腰向老師行禮後，就逕自向班主任的辦公桌走去，會長和智文這次則跟在小綾後面。

班主任的桌子非常乾淨，完全接近一塵不染的地步，文具全都整齊地收納在不同大小的收納箱內，而收納箱則由大至小、由左至右地整齊排好，書本也非常整齊地排在桌子旁的書櫃內，排列的方式卻是根據書背的顏色，由紅色開始，以彩虹的顏色由左至右排好，紫色的右邊是黑色，

之後是灰色，最右邊則是白色。

「班主任是不是有『排序強迫症』？」

會長低聲地問。

「不是所有要把東西排列好的人，都患有強迫症的，有些人只是有喜歡排序的習慣而已。」小綾認真地答。

「等等，甚麼是『排序強迫症』？」智文問。

「**強迫症，英文是 Obsessive-Compulsive Disorder，簡稱 OCD，是焦慮症的一種。**患者會陷入一種無意義、且令人沮喪的重複的想法與行為當中，明明很想擺脫，但卻又一直重複地想、重複地做。將所有東西都排列得超乎異常地整齊，是強迫症的其中一種表現方式。」小綾解釋說。

「不愧是『**天才推理少女小綾**』，解釋得真清楚。」會長説。

「那不是推理啦，是知識！但我還是要再強調啦，只是把東西排好，並不代表他就有強迫症

啊。」小綾補充，說完就順手地打開班主任辦公桌上的電腦。

班主任的電腦開啟了，而且不需要輸入密碼就進入了 Windows 的桌面，小綾心想，都甚麼年代了，居然還有人不用密碼保護自己的電腦。

小綾用滑鼠點擊「開始」按鈕，然後在搜尋欄內輸入了「Event Viewer」的字樣，之後「事件檢視器」的圖示出現，小綾雙擊了圖示。

「事件檢視器」下面有「系統」的選項，按下了之後，右邊就出現了大量的資料。

「班主任上次關掉這部電腦的時間是今早十時半。」小綾指著其中一行資料說，那行資料上的「事件 ID」號碼是 6006，時間是今天早上十時半，小綾清楚知道那是「關機」的意思。

「那就是說班主任最後出現的時間是十時半了，剛才晶晶也說過，早上有同學目擊過他曾出現。」智文說。

「可以這樣說，再看看其他地方有沒有線索吧。」小綾一邊說，一邊觀察班主任的桌子。

「那我先坐下來等你好了。」會長說完，一下子就坐在了班主任的位子上，同一時間，智文不知道從哪裡拿出了一整套 Royal Winton STRATFORD 的迷你茶具套裝，走向茶水間拿了一些熱水，在班主任的辦公桌上準備泡茶。

「等等，那個很奇怪。」就在智文泡茶時，小綾發現了班主任桌子下的垃圾桶內有奇怪的東西。小綾把垃圾桶從桌子下拉出來，發現了垃圾桶內有一個外送即棄便當盒，但奇怪的是，那個便當

盒乾淨得驚人。

　　「小綾，你怎麼在人家要喝茶時去翻垃圾桶啦！」會長皺了一下眉頭，而智文則立刻把泡到一半的茶拿去倒掉。

　　「會長你看，這個在垃圾桶內的便當盒，它可是超級乾淨的！」小綾思考得正投入，也不發覺自己打擾了會長喝茶的興致。

　　「那又怎樣了，班主任即使沒有強迫症，也算

是超級愛整潔的人啦，會清潔用完的便當盒也不奇怪吧？」會長知道小綾有新發現，在打擾了她喝茶的興致這件事上已經原諒了小綾。

「你仔細一點看，這便當盒完全沒有清洗過，就好像全新一樣。」小綾說。

「如果他洗得很乾淨的話，你又怎麼分辨有沒有洗過呢？」會長問。

「這種紙造的便當盒，如果用水清洗的話，無論你多小心也好，紙和紙中間的夾層都會滲水然後留有水漬的，但這個盒子沒有，整個裡裡外外都是乾爽的。」小綾說。

「果然是『**天才推理少女小綾**』，就能看到大家都看不到的東西。」會長說。

「少來這套了，剛才我進來時看到告示，教員

室每天會清理垃圾桶兩次，一次是早上九時，另

一次是晚上七時，現在是四時半左右，所以這個

便當盒一定是今天早上九時後丟掉的。」小綾說。

「你的意思是？」會長問。

「老師在十時半之前都還在這桌子前面，而且

他還丟掉了一個全新的、沒有裝過任何飯餸的便

當盒。明明沒有人會買全新的外送即棄便當盒來使用的，這或許可以解釋班主任失蹤的原因。」小綾用快速而肯定的語調說。

「我認得這個便當盒，是來自商業區的『知味堂』食店的，便當盒上的標誌就是『知味堂』的啊！」智文插嘴。

「商業區？」小綾問。

「對，所謂商業區，就是我們聖迷迭香書院和羅勒葉高校共享的商業區啦，各種商鋪、戲院、卡拉 OK、娛樂設施，應有盡有。小綾你才剛入學，所以不知道吧？」智文補充。

「這種資料你要相信智文，因為她的『超能力』，正正就是『過目不忘』，她是不會錯的，那便當盒鐵定是來自『知味堂』啊。」會長插嘴。

　　小綾又再翻白眼，但她明白到無論那些「超能力」是真是假，會長也有辦法把它在這學院中變成「存在的事實」；所以現在不急著去驗證那個智文的「過目不忘」能力，先找回高二 A 班的班主任比較重要。

　　「那我們現在就出發去『知味堂』吧，問問他們關於這個便當盒的事。」小綾提議。

　　「好，立刻出發。」會長說。而智文則早在會長回答之前，已經收好茶具、便當盒等等東西，站在會長的背後等候了。

可疑的食堂老闆

第 **6** 章

　　聖迷迭香書院和羅勒葉高校位於郊區，風景怡人但卻頗為偏遠，所以除了校園和宿舍之外，兩校中間還共享著一個商業區，分別服務兩校的師生，也是學生放學後的好去處。

　　會長、小綾和智文一行三人走到商業區中央的大街，大街上金碧輝煌，各類的名牌專賣店、高級食肆、大型百貨公司一應俱全。看見會長和小綾迷茫的樣子後，智文立刻走到前面帶路，在小巷中拐了幾個彎之後，就到達了「知味堂」的門前，智文指了一指食店的招牌，並示意等待會長的決定。

「進去吧。」會長爽快地說，並且率先打開門
內進。

食堂是和洋式的居酒屋，佔地不大，只有大
約二十個座位，後面是開放式廚房和料理台，料
理台後方有通往倉庫的門，而前面則是領取外送
食物的地方，那裡疊著幾棟沒使用過的便當盒，
食堂的格調和整個商業區格格不入，看來目標顧
客是在商業區打工的人，而不是兩間貴族書院的
學生。整個食堂只有一個員工在料理台後面，左
顧右盼的不知道在忙些甚麼。

小綾從智文手上接過便當盒，直走到料理台
後面，打算和那位員工對質。

「你們是誰？晚飯時間還沒到啦！」那位員工
說。

「你們老闆呢？我有事要問他。」小綾說。

「我就是這店的老闆了，晚飯時間真的還沒到，而我們是沒有下午茶時段的。」老闆一邊說，一邊低頭在廚櫃內不知要找甚麼東西。

「這個便當盒是你賣給我們學校老師的嗎？」小綾問。

抬頭看到便當盒後，老闆臉色一沉，然後用粗暴的語氣說：「你們走吧！晚飯時間還沒到，這裡現在是私人地方！」

小綾被老闆的氣勢壓倒，向後退了一步。

「你怎麼可以這樣說話！我敢說，在這一整個區域之內，沒有任何我們不可以進入的『私人地方』！」會長擋在小綾前面，憤怒地訓斥老闆。

「看來這個便當盒有甚麼不可告人的秘密

吧？」智文追問。

老闆沒有回答，反而轉身開門走進倉庫內，
不再理會小綾等人。

「他不回答的話也不要緊，我也差不多知道這
便當盒的問題在哪了。」小綾說。

「問題在哪裡？」智文問。

「你看看那堆準備晚餐時使用的便當盒，和我
手上這個有著一個非常微妙的分別，我相信那是
一種特別記號，用你那『過目不忘』的超能力回想
一下，就應該知道分別在哪裡了。」小綾把便當盒
收到背後，說。

「別這樣啦，小綾，剛才我沒有很細心地觀察
那個便當盒，我在泡茶嘛！」智文臉上帶著一個尷
尬的微笑。

「是這裡啦，班主任的那個便當盒上方有一個圓形、直徑約 5mm 的小洞，而這邊備用的便當盒卻沒有。」小綾說完，拿出便當盒，指著那個小洞，臉上露出成功捉弄智文後滿足的微笑。

「那記號是用來做甚麼的？」會長問。

「我們直接進去問老闆吧！」小綾說完，走向倉庫的門前，把門打開，發現老闆正把一堆全新的便當盒丟進垃圾袋內。

「這些便當盒果然有問題！」會長用手指著老闆說。

「沒⋯⋯沒甚麼啦⋯⋯只是有點舊了，我要拿去處理掉⋯⋯」老闆結結巴巴地說，剛才驅趕小綾時的氣勢已經蕩然無存。

「這些有小洞的便當盒，是用來做假帳的

吧？」小綾開門見山地問。

「你……你別……胡說……我哪……哪有……做假帳啦……」老闆變得更結巴了。

「這些有小洞的便當盒，從來都不會用來裝食物，但在你的帳本上，一定會被算作成功賣出的便當；我不知道誰會幫你買這些沒食物的便當，我也不知道那些錢是從哪來的，但是，你在造假帳這件事，只要對比過你的帳本就會一清二楚了。」小綾咄咄逼人地說，這與剛才還被老闆氣勢壓倒的小綾實在判若兩人。

「我……我是被迫的，他們說如果我不賣他們空的便當盒，就會把我趕出商業區。」老闆的說話速度開始回復正常。

　　會長用緩慢的速度吐出一字一句，這讓「正正經經」四個字充滿了壓迫感。

　　「你今天有賣過這便當盒給我們學校的老師嗎？」小綾重複剛進來時的問題。

　　「沒有啦，這些空的便當盒，全都是『他們』買的。」老闆說。

　　「『他們』是誰？『他們』為甚麼要買空的便當盒？」小綾追問。

　　「就是商業區裡面的電子零件店『E-Pro』，我也不知道他們要這些空的便當盒來做甚麼，大概是洗黑錢吧，但這個不關我事啦，我只是想多賺一點外快罷了。」老闆說。

　　「我知道『E-Pro』在哪裡。」智文說。

　　「那事不宜遲，我們立刻到那邊吧，他們可能

知道班主任在哪裡。」會長簡單地發施號令，不消

十秒內，三人就已經離開了「知味堂」，只剩下食

堂老闆一人留在那裡。

　　智文再次帶領著會長和小綾二人，在商業區內的小巷內左穿右插，最後在一條小巷後面停了下來。「E-Pro」的門面並不起眼，如果不是智文帶路的話，平常人根本沒法找到這樣隱密的小店。

　　會長推開店面的玻璃門內進，發現「E-Pro」的店內比想像中要大得多，大約有幾十平方米大小，店內卻一個店員也沒有。店入面的貨架掛著各式各樣的電子零件，除了一些記憶卡或者鏡頭之外，大部分零件，小綾、會長和智文都不知道它們的用途。

　　她們三人分頭在店內來回查看，最後，小綾

在店內深處終於發現了幾棟疊好的便當盒。

「你們來看看吧，便當盒都在這裡！」小綾說，會長和智文聞聲走過來。

便當盒堆積在店內的深處，放在電線和還沒有安裝的鋰電池旁邊，小綾露出不敢相信的表情，

托著下巴苦苦地沉思了一陣子。

　　小綾很少像這樣沉思的，因為她總是像閃電一樣就解開謎底，她需要這樣思考的話，代表問題絕對是非一般的困難。

　　會長和智文看著小綾的表情，瞬間就明白了這一點，所以都不敢發聲，怕打擾到小綾的思考。

　　「如果我的推理沒錯，我們可能發現了聖迷迭香書院中一個不可告人的秘密。」小綾想了幾分鐘之後，終於開口説話。

　　「是甚麼秘密？」會長露出「天才推理少女小綾好厲害」的表情，然後問。

　　「現在很難解釋，我們得先找回班主任，然後再一併解釋吧。」小綾用手撥了撥頭髮，然後説。

　　「那你知道班主任現在在哪裡嗎？」會長問。

「不知道啊，但他應該過不久後就會自己現身的了。」小綾答。

「好吧，我相信你，剛剛紫語用『心靈相通』聯絡我，說她們那邊的調查也有點進展，我們先回學生會室和她們會合吧。」會長每次發施號令時都非常果斷。

「知道。」小綾和智文同聲答應，小綾拿了鋰電池和電線，而智文則敏捷地把這些都接過，收好。

三人走回商業區的大街上，迎面卻走來一個身材高挑、樣貌相當英俊、穿著羅勒葉高校校服的男生。

「咦？紫晴嗎？還是紫語？」男生爽快地走過來向會長打招呼，還直呼會長的姓名，普通人看

見會長時，總是面帶尊敬地遙
遙相望，像這樣直接走上前和
會長打招呼的，這男生是第
一個。

「嘖！都認識這麼多年
了，還沒法分辨我們兩姊妹
嗎？」會長面帶厭惡地說。

「誰叫你們二人長得一模一
樣呢？你是紫晴吧，只有你才能
擺出這種紫語沒有的臭臉啊！哈
哈！」男生回嗆，小綾心想這男生
居然夠膽回嗆會長！會長可是那個
為所欲為、兼且「之前是怎樣安排
我可不管，但由現在開始，我愛怎

樣就怎樣。」的會長啊。

　　「我不想見到你，消失吧！」會長狠狠地瞪了
一下那個男生。

　　「你們來商業區有甚麼事要做嗎？是購物？還
是來玩的？」男生說。

　　「聽不到我叫你走嗎？」會長的語氣一次比一

次重了，小綾心想這男生真的不要緊嗎？不會明天就此消失於人間了吧？

「咦？你是新的學生會成員嗎？」男生轉過頭來看著小綾，然後就兩眼發愣，一直盯著小綾，沒有再說話，時間對他來說彷彿停頓了一般。

「喂！你怎麼啦！別騷擾我們家的新總務！」會長好像平靜了一點，然後那個男生沒有理會會長的話，還是目不轉睛地盯著小綾來看。

「我來介紹吧，這是**羅勒葉高校學生會長，鄭宇辰**；這是我們學生會的總務，張綺綾。」智文連忙打破沉默，替兩人做介紹。

「叫我……叫我阿辰就好了。」阿辰突然變得很緊張似的，剛才回嗆會長的氣勢突然間煙消雲散。

「你也可以叫我小綾，我們來商業區是因為有些學生會事務要辦啦。」小綾輕鬆地回答。

「是甚麼事情？有我可以幫忙的地方嗎？儘管吩咐我吧，我……我甚麼也可以做的！」阿辰強作鎮定說。

「不用啦，我們自己可以搞定。」小綾說完，發現會長和智文早已走遠，於是和阿辰告別：「會長她們已經先走了，我要追上去啦，再見！」

「再……再見……」阿辰兩邊臉頰紅得滾燙。

小綾追上會長她們，而阿辰則還是愣愣地站在原地，不懂反應過來。

「小綾你別理會那個傻瓜！」會長在小綾追上來後對她說。

「我沒打算理會他啊，只是他是鄰校的學生會

長，算是禮貌上的交流吧。」小綾答。

「這就對了，他的家族和我們家族是多年的世交，我和紫語很小時就認識他了，他就是這樣一直吊兒郎當，沒甚麼正經的。」會長稍為放鬆了剛才還在緊皺著的眉頭。

「所以會長才拿他沒法囉！」小綾笑說。

「對啊，要是他是普通學生，我早就找人把他綁架到敍利亞去了！」會長也對著小綾笑了笑，然後作出不得了的發言。

「如果有一天我不小心得罪會長你的話，希望你不要找人把我綁架到敍利亞去。」小綾一邊說一邊大笑。

「我相信我們的『**天才推理少女小綾**』是不會得罪我的啦，我放心得很。」會長也

跟著一起大笑。

　　「別再談阿辰了，我們快點回去學生會室吧。」
智文總會在適當的時候提出適當的提議，於是三
人加快腳步，回到學生會室。

第8章 失蹤的班主任現身了

回到學生會室時，晶晶和副會長已經坐在梳化上了。

「我剛才已經逐一訪問過高二的所有學生了，基本上可以確認，在今天早上十時半之後，就沒人再目擊過班主任了。」晶晶跳上茶几上，說。

「你不要踩在茶几上啦！」智文用托盤準備好各人專用的茶具，正要走過來桌子旁邊，當她看見晶晶跳上茶几後，就像個母親一樣叨嘮著。

「知道！知道！人家可是很厲害的，我不只訪問過高二 A 班的全部學生，連整個高二的同學都找出來，然後問過了！」晶晶不情願地從茶几上跳下來，然後舉起自己的手機說。

「在這樣短短的時間，能訪問這麼多人的確不簡單！」小綾讚嘆道。

「嘿嘿！因為我有『讀心』的能力啊！小綾你忘記了嗎？」晶晶說。

「好的！好的！」小綾真的拿她們沒法子。

「那紫語，你有甚麼發現？」會長問副會長，就在這時候，智文已經把會長和副會長專用的

Hermès 骨瓷茶杯、晶晶專用的 The East India Company 銀製石英杯耳茶杯、還有小綾專用的 Royal Albert 杯子，裝了泡好的大吉嶺紅茶，端在各人的面前。

「我和校務處確認過了，他們知道班主任沒有去上課，但好像覺得不是甚麼大問題，只是因為時間太緊迫，來不及安排代課老師罷了。」副會長說。

「這種說法很可疑啦。」小綾說。

「對啊，我們書院總共有二百多名老師，要安排代課的話，應該是很簡單的，所以校務處應該有事在隱瞞我們。」副會長答。

「那你認為是甚麼？」會長問。

「我猜是他們在沒人去課室後，才發現班主任失蹤，但又不想承認自己後知後覺這件事。」副會

長說。

「很合理，如果他們有任何失職的話，學生會不知道是最好的。」會長冷笑。

「那你們呢？你們發現了甚麼？」副會長問。

「我們這邊呢，因為有『**天才推理少女小綾**』的關係！謎底已經揭開了！只是小綾卻一直在賣關子！」會長說。

「哪有賣關子？只是我想等班主任出現後，親口再問他，確認自己的推理沒有錯再對大家說啦！」小綾連忙搖頭否認。

「對哦，剛才你說過『班主任他應該過不久後就會自己現身』，那究竟我們還要等多久呢？」會長把手指放在自己的嘴角，歪著頭地問。

「時間應該差不多了。」小綾答。

「『**天才推理少女小綾**』的語氣愈來愈像漫畫中的名偵探了！」會長面帶笑容地說，學生會其他成員也跟著笑了起來。

就在大家嬉笑一團的這一刻，學生會室的門打開了，一個戴著眼鏡、手上拿著平板電腦的女生走了進來，高高瘦瘦的身材加上弱質纖纖的臉容，讓她看起來就像一個學者般。

女生從容不迫地走到梳化前面坐下，智文快速地為她遞上了有四葉草花紋的 Fortnum & Mason 茶杯，裡面裝著和大家一樣的大吉嶺紅茶。

「我剛收到消息，班主任再次出現了。」那個女生說完，接過茶杯，輕輕地呷了一口。

「她是我們的**司庫，曾樂盈**，她可是學年成績的第一名，最擅長的科目是理科 。」智文向正要開口查問的小綾介紹，然後轉向女生，說：「盈盈，這是今天新加入的總務，張綺綾。」

「叫我小綾就好。」小綾站起身來向盈盈行禮。

「小綾你好，你就是今年唯一一個獲得全額獎學金，而且入學試每科都是滿分的高材生吧，歡迎你加入學生會。」盈盈伸出手來，和小綾握手。

「那只是好運而已。」小綾有點不好意思。

「不會啦，如果只有一兩科滿分，那還可能是運氣使然，但你可是十五科之中，每一科都滿分，在數學上來說，那不可能是好運就能達到的。」盈

盈托了托眼鏡，認真地說。

「多謝誇獎。」小綾怪不好意思的，不知道該如何回答盈盈。

「我沒有在誇獎你啦，我只是在訴說事實而已。」盈盈冷淡地答。

「盈盈，別說其他了，你說你收到消息，班主任已經再次出現，是怎麼一回事？」會長問。

「他剛才回到高二 A 班的教室，並且向同學們道歉了，說是自己臨時有急事，離開了校園半天。」盈盈答。

「那現在他在哪裡？」會長再問。

「我相信他已經回到教員室了吧。」盈盈說完，智文就走出了學生會室門外，看來她應該是到教員室，打算把班主任請過來吧。

「那麼，盈盈，你知道事情接下來會怎樣發展，對吧？」會長接著問。

「對啊！小綾你應該不知道，盈盈她呢，可是懂得『預知未來』的！」副會長在一旁興奮地說。

「是嗎？」小綾對於「超能力」的話題已經開始感到麻木了，為甚麼學生會的每個人都要覺得自己有「超能力」呢？

「與其說我可以『預知未來』，不如說我只是對因果關係掌握得比較深入而已。」盈盈說。

「那你認為事情接下來會怎樣發展呢？」小綾問。

「首先，這不是一樁單純的失蹤事件；其次，我們將會發現聖迷迭香書院的一大秘密。」盈盈滿有信心地說。

「嘩！和『**天才推理少女小綾**』的說法一模一樣！」會長說。

「那麼，你認為那個秘密會是甚麼呢？」小綾刺探性的問。

「那個嘛，我的預知能力是不可能準確到那個地步的，因為如果太準確的話，在我預測事情會怎樣發生的時候，預測這個行為本身就會影響

事情的結果，那預測就會變得更不準確啦。舉個例來說，我預測到你明天會吃晚飯，這是 OK 的，但如果我想預測精準到你是何時，又或是和誰吃晚飯的話，那你就可能會故意調換吃飯的時間，又或者換掉吃飯的夥伴。對不對？」盈盈說。

「我想我能理解，這就是所謂『**觀測這個行為本身，就會影響結果**』吧。」小綾微笑著說。

「對，就是**量子力學裡的不確定性原理**，哈哈。」盈盈說完，大笑起來。

「我們不明白你們二人在說甚麼啦，能說回中文嗎？」會長皺起眉頭，不解地問。

「會長，不明白也不要緊，這件事一點都不重要，重要的是，智文應該差不多帶著班主任來到

學生會室了。」盈盈忍住笑意，向會長解釋。

果然，就在盈盈説完之後幾秒，智文就帶著班主任來到學生會室了，智文安排班主任在學生會室中央的紅木會議桌旁坐下，眾人則跟隨會長走到會議桌前，分別在自己的位置坐下了。

小綾不知道自己應該坐在哪裡，只好坐在班主任旁邊沒人坐的椅子上。

「會長好，學生會的各位大家好。」班主任首先向大家問好。

「你好。」大家頗一致地回應。

「我的失蹤事件發展成這樣，麻煩到學生會的各位，我實在感到很不好意思，現在我很鄭重地

向大家道歉，對不起。」班主任一邊說，一邊從椅子中站起來，對學生會的成員們深深地鞠了一個躬。

同一時間，智文已經為所有人換過新的茶杯和茶，還有為班主任遞上了客人專用的 WHITTARD 黃色杯子。

「班主任不要太客氣了，我們找你來，不是想你對我們道歉的，而是我們的總務，坐在你旁邊的小綾，有些問題想親身向你求證一下。」會長說。

「對，我就不轉彎抹角了，我想問班主任的事情很簡單，我想知道，你究竟是不是『機器人』。」小綾作出了驚人的發言，在場的所有人，除了班主任之外，都露出了一副不可置信的表情。

「哈哈！怎麼可能？這位同學你的想像力也太過豐富了吧？」班主任仰天大笑，但那笑聲裡卻讓人完全感覺不到，哪怕一點點的歡樂感覺。

「那可不是我的隨意想像啊，我可是有證據
的。」小綾站起來說。

「小綾同學，你會不會把幻想和證據兩點搞混
了呢？」班主任反問。

「首先，今天我們去看過你的辦公桌，桌子上
的東西以近乎強迫性的方式排列，書櫃內的書則
是以書背的顏色排好，那很不尋常。」小綾說。

「我很喜歡整齊和清潔的，那並不代表我是
『機器人』吧。」班主任反駁。

「那當然不足夠啦，那時我也以為你可能只是
一個偏執地喜歡整齊的人，然後我發現的，是這
個！」小綾從桌子上的紙箱中拿出那個乾淨的、沒
裝過食物的便當盒。那紙箱是智文準備的，沒人
知道她是何時把今天收集到的東西都打包整理好

的。

「便當盒有甚麼問題嗎？」班主任問。

「這個便當盒，沒有裝過任何食物，是全新的、乾淨的，而且盒頂有一個 5mm 直徑的小洞，那是食堂老闆用來區分普通便當盒，和這種專為

你而設的便當盒而開的小洞。」小綾說。

「那是我早餐的便當盒，它乾淨只是因為我用完之後清洗乾淨罷了。」班主任說。

「這種紙製便當盒，如果沾過水的話，無論怎樣小心，夾層中總會有水漬的，而這個便當盒卻完全沒有相關的水漬。」小綾緊接著說，並向班主任展示紙盒的邊緣。

「這也和我是不是『機器人』沒關係吧！」班主任說。

「關係可大了，你每天都會吃這種便當盒，但這種便當盒裡面卻從來都不是裝著食物。『知味堂』的老闆已經向我們招供了，他會向電子零件店『E-Pro』供應這種不是用來裝食物的便當盒。這就可以證明，你並不是靠食物維生的『人類』！」小

綾咄咄逼人。

「等等！即使我有購買這種沒食物的飯盒，你也不可以斷言我不是人類的。」班主任説。

「對啊，但當我到電子零件店『E-Pro』調查的時候，我就發現，這些便當盒內裝的，是你真正的『食物』。」小綾在紙箱內拿出鋰電池，把電池放進便當盒內，連上電線，再把電線從盒頂的小洞穿出來，然後接著説：「這樣組合之後，就是你的充電器和電池了吧！」

「……」一直在反駁的班主任卻突然變得沉默了。

「然後我就想，你今天失蹤的原因是甚麼呢？大概是因為在早上十時半左右，你去檢查你的充電器，然後發現你今天的充電器故障了。平日你

都是低著頭、面向著便當盒假扮吃飯來充電，今天總不能因為便當盒故障，就直接把手指插在插座上吧？所以你只好不顧一切，丟下你的班級，然後衝到電子零件店『E-Pro』去充電，免得你講課講到一半因為沒電而停止運作。我說得對不對？」小綾指著班主任說，這一刻，小綾感覺真的很像漫畫中的名偵探。

「好吧，我認輸了，對，我承認，我是一個『機器人』。」班主任跌坐在椅子上。

班主任説完之後，可以見到小綾臉上露出滿意的表情，而其他人則都張大了口，卻説不出任何話來。

「真……真的嗎？我們聖迷迭香書院中竟然有『機器人』教師？」會長首先打破大家之間的沉默。

「真的，本來我都有懷疑，因為我們書院是不會重新編班的，班主任應該上年是高一 A 班的班主任，今年跟隨高一 A 班升為高二 A 班的，如果他是『機器人』的話，他至少已經成功在校內隱藏自己的身份超過一年以上了，這真的非常厲害。但當我看到電子零件店『E-Pro』的規模和門面，還有那些便當盒時，我才不得不在自己心中提高

『機器人』這個答案的真確性。直到副會長跟我說校務處有事情隱瞞我們的時候，我才真的確信班主任其實是『機器人』。」小綾說。

「我們今天真的發現了聖迷迭香書院中的一大秘密啊！小綾好厲害！真不愧是『**天才推理少女小綾**』。」副會長說，連副會長都開始使用「**天才推理少女小綾**」這個稱呼了。

「『**天才推理少女小綾**』！這個稱號很適合你啊！」晶晶也附和說，學生會的大家也跟著起哄，學生會室內瀰漫著一片歡樂的氣氛。

從加入學生會起，學生會的眾人就不停地讚賞小綾，這和小綾在初中時的遭遇很不同。在她闡述完自己推理的結果後，得到的，再不是質疑，又或是看怪物一般的眼光，而是嘉許；還有那

個「**天才推理少女**」的稱號，雖然煩人，

但卻不知怎的，令人好高興啊！在這一刻，小綾

開始真正覺得，能加入學生會實在是太好了。

第 10 章
推理七公主的誕生

「等一等！我完全明白了！這是『**圖靈測試**』吧！」在大家一片歡樂聲中，盈盈突然大叫。

「對啊，我也是這樣想的！」小綾說。

「你們兩個，請說回中文！這樣只有你們兩人聽得懂可是不行的！」會長對盈盈和小綾說。

「所謂『圖靈測試』，是 1949 年的時候，人工智慧的先行者、有電腦之父之稱的科學家 Alan Turing 提出的。他說如果一台機器能夠與人類展開對話，而沒有被人類辨別出其機器身份，那麼這台機器就具有智能。而測試的方法就是由提問者發問，另一邊分別由機器和人類作答，如果提問者沒法分辨誰是機器的話，那機器就算通過測試了。換句話說，就是要求機器人在對話互動中表現出『人性』，而讓裁判以為『聊天』的是一個真人。」盈盈解釋。

「也因為這樣，班主任才取 Alan Tung 這個名字吧！向 Alan Turing 致敬，真是可愛的開發團隊呢！」小綾說。

「我大概明白了，就是說班主任來到我們學校

的目的，就是測試自己算不算得上擁有智能？」會

長問。

「差不多了，或者可以這樣說，其實班主任已

經在這裡超過一年了，到今天才被我們發現，應

該算通過測試了吧？」小綾說。

「順帶一提，這個測試在 1949 年提出，到現

在還沒有任何機器被公認通過這個測試。」盈盈

說。

「老實說，我以為自己很有希望的，在下次回

廠之前，應該就可以公布了，誰又會想到我這個

版本失敗的原因，會是電池的續航力不足呢？」班

主任說。

「我認為這不算是失敗，只是執行上的一個小

錯誤罷了。本來這事應該也不會有人發現的，誰

又會想到，今天學生會正好有『**天才推理少女小綾**』的加入呢？」會長站起來，走到班主任身邊，拍了拍他的肩膀，安慰他。

「多謝你的體諒，但失敗就是失敗，我終究還是被認出是一個『機器人』了，明天我就要回廠更新，他們應該會找一個真人教師來替代我吧。」班主任垂下頭，說。

「你不用回去啊，只要我們不說出去，學生會以外的人根本不會知道你就是機器人。」會長說。

「這樣好嗎？但我畢竟是通過不了測試啊！」班主任說。

「我認為你已經通過測試了，那可是整整一年，沒有人發現你是『機器人』啊！」小綾說。

「大家同意嗎？班主任是不是已經通過測試

了?」會長問大家,大家不約而同地點了點頭。

「當然啊,如果不是電池出了問題,即使是我們的『**天才推理少女小綾**』,也沒可能發現你是機器人的!」副會長和議。

「你要不要嘗一嘗這杯大吉嶺紅茶?智文一流的手藝加上上好的茶葉,即使你是機器人,也一定可以嘗出這與別不同、出類拔萃的味道啊!」會長把桌子上那個 WHITTARD 黃色杯子遞給班主任,班主任把它接住了,然後喝了一口。

「嗯⋯⋯真的很好喝⋯⋯這不只是來自我味道感應器的讀數,是來自我內心的,我真心覺得這杯茶很好喝。」班主任說。

「我跟你說,我就是因為這裡的茶很好喝,我才加入學生會啊!」晶晶拿起自己的銀製杯子,驕

傲地説。

「真的，學生會室的紅茶世界第一。」盈盈也
拿起自己的四葉草花紋杯子附和。

「這可是我組建學生會的目的，讓我每天都可
以喝到這樣的好茶。」會長回到自己的座位，笑著

說。

「多謝你們，那我先回去了。」班主任說完，把餘下的紅茶喝光，再站起來朝著門外走去。

小綾這時拿起了屬於自己那隻 Royal Albert 杯子，喝了一大口盛載在杯裡面的大吉嶺紅茶，真的，非常好喝。班主任離開學生會室時，大家都對他揮手道別。

「今天真是一個了不起的開學日！」會長伸了個懶腰，然後說。

「對啊！我們不但有了『**天才推理少女小綾**』的加入，然後還發現了這個在聖迷迭香書院中的重大秘密！」副會長說。

「真的！這一切都全靠我們的『**天才推理少女小綾**』啊！」會長說。

「你們別這樣啦，是因為有會長的決斷、副會長的從容、智文有條不紊的協助、晶晶出類拔萃的情報收集能力、盈盈對科學的認識，是這一切一切的配合，才讓我想通這件事啦！」小綾說，她似乎也感染了大家喜歡互送高帽的習性，讚起大家來面不紅氣不喘。

早上加入的時候，她只是不想繳交那個天價的學生會費，但到了現在，她真的開始有點喜歡待在這個學生會了。

「那就是說，不只是『**天才推理少女小綾**』的功勞，我們整個學生會都是『推理天才』！」會長笑著說，從她的笑聲中，可以感受到她由衷的快樂。

「這麼說，我們是『**天才推理七公**

主』了！」副會長説。

「太長啦！就叫『**推理七公主**』好了！從今天起，我們就是『**推理七公主**』！」會長説。

小綾不禁心想，明明「**天才推理七公主**」才七個字就算太長，那為甚麼會長可以「**天才推理少女小綾**」、「**天才推理少女小綾**」八個字這樣整天叫個不停呢？

「等等，會長、副會長、智文、晶晶、盈盈加上我，才六個人啦！哪來『七公主』呢？」小綾問。

「對對，你還沒見過**思昀**啦！她是我們的福利，下次有機會再介紹你們認識好了！我們學生會連你在內，就七個人！」智文説。

CASE
2

第二期
經已出版

襲擊麵包店的模仿犯

小綾才剛開始習慣學生會成員的
身份和校園生活，
會長又接了一個奇怪的委託：
再次前往商業區調查書店和麵包店被蒙
面人襲擊的事件！
小綾被迫啟動「天才推理少女」mode，
發現要破案的關鍵在於
學生會中的第七人——
小綾從沒有見過的學生會福利?!

文——陳四月
圖——多利

文——卡特
圖——魂魂Soul

文——陳四月
圖——余遠鍠

創造館
青少年圖文小說

花漾

文——三聯幫牟中三
圖——力奇

經已出版

創造館首本

巫夢妮

對塔羅占卜、
紫微斗數、星座運程等
占星學說和心理學
有濃厚興趣。

陳超賢

鍾情熱衷於UFO、
外星人等超自然現
象，常常被同齡的
人當成怪胎。

不准尖叫 學會

全 新 創 作 組 合

魔幻小說作家
陳四月

IG 10萬followers 插畫家
Nagi

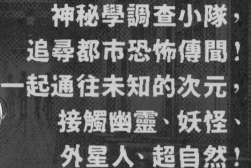

黑暗系童書

神秘學調查小隊，
追尋都市恐怖傳聞！
一起通往未知的次元，
接觸幽靈、妖怪、
外星人、超自然！

裘真茹
事事尋根究柢，
追求真憑實據，求知欲強，
是新聞學會的校報記者。

李秀明
不安於平淡日常生活的富家子，
渴望刺激體驗，
深信世事無奇不有。

2024 年 7 月書展面世
震驚全港小學生

創造館 CREATION CABIN

聖迷迭香書院

推理七公主

CASE
I

開 學 日 班 主 任 失 蹤 案

作者	卡特
繪畫	魂魂 SOUL
策劃	余兒
編輯	小尾
設計	Zaku Choi
製作	知識館叢書
出版	創造館 CREATION CABIN LIMITED 荃灣沙咀道 11 至 19 號達貿中心 201 室
電話	3158 0918
聯絡	creationcabinhk@gmail.com
發行	發行泛華發行代理有限公司 將軍澳工業邨駿昌街七號二樓
印刷	高科技印刷集團有限公司 葵涌和宜合道 109 號長榮工業大廈 6 樓
出版日期	第一版 2019 年 10 月 第七版 2024 年 7 月
ISBN	978-988-79842-4-5
定價	$68

出版：

製作：